Barbapapa

Barbamama

APP 09 2013

D0468507

Barbidou

Barbibul

Barbalala

Les Livres du Dragon d'Or
60 rue Mazarine, 75006 Paris.
Copyright © 1974 Tison/Taylor, Copyright renewal © 2006 A. Tison, all rights reserved.
Loi n° 49-956 du 16 juillet 1949 sur les publications destinées à la jeunesse.
ISBN 978-2-87881-324-1. Dépôt légal : avril 2006.
Imprimé en Italie.

20 19 18 17 16 15 14 13 12

BARBAPAPA

La Mer

Annette Tison
& Talus Taylor

LES LIVRES DU
DRAGON D'OR

Copyright © 1974 Tison/Taylor, Copyright renewal © 2006 A. Tison, all rights reserved.

Barbabelle rêve d'avoir
un collier de vraies perles.
– Pourquoi n'irions-nous pas les pêcher
nous-mêmes? propose Barbapapa.

Enthousiasmés par cette idée, les Barbapapas se mettent aussitôt à construire un bateau.

Le bateau est prêt.

Un bon marin doit savoir faire des nœuds : certains sont très compliqués.

Le vent est favorable.
Les Barbapapas arrivent
sans incident sur
les lieux de pêche.

Barbabelle
fait une
première
plongée.

Les Barbapapas veillent...
Heureusement !

Maintenant, la voie est libre.
Barbotine découvre
un vrai trésor !

Enfin, tout le monde
se réconcilie.

Il est temps
de rentrer.

19

Il n'y a plus qu'à faire les colliers. Mais Barbidur n'aime pas les travaux d'aiguille. Il préfère écouter la mer...